그래도
괜찮아

청춘이라 하기에는 너무 때 타버렸고
어른이라 하기에는 한참 덜 익은 지금.

철 없던 시절, 꿈 많던 그때를 그리며
철든 척 현실의 무게를 견뎌야 하는 우리.

세상은 점점 LTE급으로 빨라지지만
너와 나 사이는 점점 소홀해지는 시대.

누군가 말해주었으면 좋겠다.
'너만 그런 게 아니'라고.

누군가 말해주었으면 좋겠다.
'나도 너와 같다'고.

당신과 나.
그래도 괜찮다고.

CONTENTS

STORY 26 _ 49

가끔 덩그러니와 마주할 때,
그래도 괜찮아

STORY 50 _ 70

영원히 머물 것처럼 떠나,
그래도 괜찮아

오늘도 마음껏 헤매자고,
그래도 괜찮아

걱정근심없이사는
내가부럽다고한다
너한테말안한거지
없는게아닌데말야

코딱지
친구들

'아프니까 청춘이다'가 아니라
'잘 자라줘서 고맙다'는 그 말이
듣고 싶은 건 아니었을까.

삐져나온
가시 하나

모퉁이에 빈틈
혹은
삐져나온 가시 하나도,

참 눈에 거슬리고
꼴 보기 싫을 때 있다.

가끔은 그 빈틈이,
그 가시 하나가

가장 당신다운,
나다운 모습일 텐데

STORY 03

마음 씻기

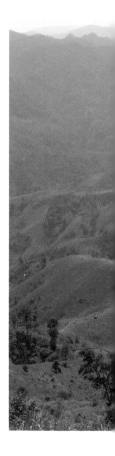

어제 저녁,
어머니가 평생 안고 가길 바란다며
기도문 몇 줄을 써주셨다.

"저로 하여금 사람을 이해하려는
따뜻함을 잃지 않게 하시며,
항상 긍정적인 생각으로
흔들림 없이 밝은 목소리를 지니게 하소서."

어머니의 바람이
깊게 배어 있는 삐뚤삐뚤 기도문.

하루 세 번 마음 씻기.

저로 하여금 사람을 이해하려는
따뜻함을 잃지 않게 하시며,
항상 긍정적인 생각으로
흔들림 없이 밝은 목소리를
지니게 하소서

굳이 매일매일
활활 타오를
필요는 없으니까

STORY 04

매일매일
타오를 필요는 없다

생각해보면 신은 우리에게
공평한 땔감을 줬다.

그 땔감을 화악 타오르게 만드는 이도 있고,
은은한 불꽃이 튀게 하는 이도 있고,

꺼질락 말락한 불씨에
입김을 후후 부는 이도 있을 것이다.

뭐가 되었든 아궁이만 잘 살피자.
우리에게 아직
땔감은 넘쳐나게 충분하니까.

지금이 시기가 아니라면,
한 템포 쉬엄쉬엄.

굳이 매일매일
활활 타오를 필요는 없으니까.

한 스푼
시럽처럼

어린시절을 돌이켜보면
모두가 동화 같은 꿈 하나씩 품고 있다.

누군 소방관을
누군 대통령을
누군 간호사를
누군 과학자를

내 꿈은 뭐였을까 생각해보면
전파사 아저씨가 되는 게
첫 번째로 품은 꿈이었다.

우리집 근처에
작은 전파사가 있었는데,
학교가 끝나고 거길 지날 때면
로봇이라도
만들어낼 것 같은 분위기에

갖가지 전자제품들이
뭔가 복잡하면서
정교한 본새로 드러누워 있었고,
돋보기를 낀 아저씨가 어슬렁
손보는 모습이 참 멋져 보였다.

그 후론 아라레를 흠모하며,
도라에몽 녀석을 납치하고 싶던
그때 그 시절 나의 꿈.

꿈은 매번 바뀌고
맞춰가고 타협하며 다듬어지고
뭉툭해질 테지만,
삭막하고, 텁텁하고, 날카로운
도시 숲에서 달달하게
우리 가슴속에 자리한다.

이루거나 정복하는 게 아니라
그냥 가슴속에 한 스푼 시럽처럼
품는 그런 것.

한 스푼 시럽처럼

STORY 06

일상이
고이면

일상이
고이면

꿈은
썩어

교차로 앞에서

인생은 어차피
후회의 연속이란
말을 하고,

후회를 줄이기 위해
최선을 다하는 것이
삶이라 한다.

우리도 언젠가
경로석을
양보받는 날이 왔을 때,

'그때, 그날,
지나치지 말았어야 했어.'
혹은
'조금 더
고민할 필요가 있었어.'

그리 곱씹으며
고개를 절레절레하는
날이 오겠지.

지금부터라도
신중해야겠다.

직진을 해야 할지
핸들을 틀어야 할지.

기지개 좀 켜며
머뭇머뭇 교차로 앞에서.

허공을
날아오르는 공

손을 떠난 공이
허공을 날아오르는
중이라면

골이냐 노골이냐는
별로 중요치 않다.

그건 당신의 도전 혹은
가슴 뜨거운 것.

언제나 화려한
덩크슛일 필요는 없으니까.

언제나 화려한
덩크슛일 필요는
없으니까

My life is my message.

M. K. Gandhi

황색눈물

글을쓰겠단친구는
보험사에들어갔고
음악을하던친구는
영어강사가되었다

글은안쓰냐음악은
이제때려치거냐는
그런질문은서로가
하지말아야할것들

어렴풋이추억속에
친구가보여주었던
한구절의시구가또
바이올린을켜주던
친구의벅찬설렘이
구겨지고침묵한다

숙성의
과정

이런저런 우리네 속사정 또한
숙성되는 과정이 아닐까

같은 해에 태어난 와인도
가격이 천차만별이다.

간혹, 더 젊은 와인임에도
훨씬 비싼 경우도 허다하다.

적정한 온도와 습도,
오크통, 코르크 마개의 종류
보관 장소와 외부 환경 등등

깊은 향과 맛, 그리고 질감을
얻기 위해 무던히 버티는 와인처럼

좋은 일도,
나쁜 일도,
신경 쓸 잡다한 고민과
지인과의 말다툼,
오해와 반성,
불투명한 내일과 작은 다짐 같은

이런저런 우리네 속사정 또한
숙성되는 과정이 아닐까.

그땐
어디로
뛰어야 할까

STORY 10

비상구 사내놈

상영 전 극장에선
아주 친절하게 비상구를 안내해주고,
빌딩 혹은 건물 어디에서도 사내놈이
이쪽으로 따라오라 안내해준다.

법적으로 모든 건물은
이 친구를 반드시 정규직으로 고용해야 하고,
사람들이 안전하게 대피할 수 있는
출구를 마련해야 된다.

그런데 말입니다…

나 혼자 떠안은 비상사태,
이를테면
인생 최대의 고비로 추락할 때,

그땐 어디로 뛰어야 할까.

STORY 11

그거면 됐지 뭐

벽면 가득
당신의 이력과 발자취가
채워지지 않아도 괜찮다.

누가 알아주지 않아도,
누가 인정하며 박수 치지 않아도,
빈칸투성이 채울 내용이 없더라도,

성실하게 행복을 좇고,
설레게 꿈을 키우고,
바지런히 오늘을 채우는 당신.

그거면 됐지 뭐.

가로등 비둘기

어린시절엔 몰랐다.
훨훨 날갯짓을 하면 곧이곧대로 창공을 향해
날아오를 수 있다 믿었다.

그런데…
어느 순간부터 그 믿음이 깨지고 흩어진다.

내가 바라보는 곳은 저 바다 건너 세상인데
머무는 곳은 언제나 변함없는 어제와 오늘이다.

해가 지고 또 다시 해가 떠오른다.

"언젠가는 훨훨 날아올라
저 바다 건너 세상을 볼 테야."

아무한테도 말하지 않은 나만의 꿈

이 찬란한 꿈 때문에
"나는 결코 날개를 접을 수 없어."

— 영도 세 번째 벤치 옆 가로등 비둘기

"나는 결코
날개를 접을 수 없어"

STORY 13

마음껏
헤매자고

갈피를 못 잡고
우두커니 서 있기보단,

이리저리 헤매는 게
훨 낫다고 생각한다.

당신이 정신없이 남겨둔
발자취 중 하나가

새롭게 개척하는
길이 될지 모르니까.

그러니
오늘도
마음껏 헤매자고.

그러니
오늘도
마음껏 헤매자고

하늘을 날다

가슴 벅차게 달리다 보면
언젠가는 날아오를지도 몰라.

진짜배기 LIVE

아름다운 풍경에 취할 줄 알고
흥겨운 노래에 들썩일 줄 알고

모든 이와 진심으로 이야기를 나누며
쉬어가기와 치열하기를 적절히 삶에 섞는,

언제나 심장이 뛰는 쪽을 택하고
감사함과 설렘으로 풍요로우며

옅은 미소에 깊이가 있고
걸음걸이에 여유가 찬,

오늘을 사는 이.

진 짜 배 기 LIVE

STORY 16

잘
바쁘기

바쁘게 사는 걸
잘 사는 걸로
착각할 때가 있지 뭐야.

쉼이 어색하니,
일단 무작정 뛰는
것처럼 말이야.

숨 고르기,
그리고 잘 바쁘기.

숨 고르기
그리고
잘 바쁘기

별 볼 일

사는게별거있나
하지말고힘들땐
하늘한번올려봐
별볼일은있겠지

STORY 17

담백하고 싶다

웃으면서 살고 싶다 하면
권위와 체면 따위 내려두면 되고,

좀 쉬고 싶다 하면
훌쩍 기차표를 예매하면 되고,

사랑을 하고 싶다 하면
일단 누군가의 손부터 잡으면 되고,

그림 같은 사진을 찍고 싶다 하면
미술관을 찾으면 되는 것처럼

만사 이렇게 담백하면
얼마나 좋을까

그들의 존재 이유는
날기 위해서이기 때문에

존재의 이유

새끼 독수리가 첫 비상을 할 땐
가장 높은 절벽에서 날개를 펼친다.

자칫하면 벼랑 끝으로 떨어질지도 몰라
더듬더듬 발을 옮기며 어미에게 배운 대로
파드닥파드닥 익숙지 않은 날갯짓을 연습한다.

어미 독수리가 먼저 시범을 보이듯
구름 너머로 자취를 감춘다.

구름 떼가 유유히 눈앞에 흐르고
귓가를 흔드는 바람소리만 맴돈다.

한발 한발 내밀 때마다
굴러떨어지는 돌멩이 소리가
아득하게만 들린다.

눈을 질끈 감든,
난 할 수 있다고 이를 바드득 물든,
될 대로 되라지 무대포로 무장하든,

새끼 독수리의 첫 비상은
한 치의 망설임 없이 전진으로 시작한다.

그리고 아직까지
이곳, 절벽 밑으로 떨어진 새끼 독수리는 없다.

그들의 존재 이유는
날기 위해서이기 때문에.

아슬아슬
균형 잡기

두 팔을 쭈욱 뻗고,
한 걸음 한 걸음 균형을 맞추며 나아간다.

때론 세상 사람들의 충고와 잔소리에
치우치며 흔들리기도 하고
제자리에서 허우적거리며 땅을 짚기도 한다.

그래도 고집이란 놈의 파이팅에
다시 올라 걷다 보니
조심스레 내딛던 발걸음이 부쩍 과감해진다.

소신이라 하기엔 너무나 거창하고,
객기라 부른다면 버럭 화를 내고 마는
아슬아슬 균형 잡기.

수차례 곤두박질로 무릎은 까지고,
이젠 사람들의 관심 밖 구경거리일지라도

두 팔을 쭈욱 뻗으며,
엄지발가락에 힘 바짝 준 당신.

그리고 진하게 새겨지는
당신만의 발자취.

그리고 진하게 새겨지는
당신만의 발자취

잡초 함부로
밟지 마라

잡초 함부로 밟지 마라.

너와 나 인생 살며
마른 자갈밭 사이로 기어이
푸른 잎 피우려 애쓴 적 있었던가.

지금은 발길조차 끊긴
외로운 철길 사이로
텁텁하기 이를 데 없는 뙤약볕 아래에서
푸른 잎 피우려 애쓴 적 있었던가.

이름조차 없는 잡스러운
풀떼기지만 오늘도 어디선가 잡초는
지구의 일부분을 푸르게 물들이고 있다.

그러니 잡초 함부로 밟지 마라.

ㅡ 안도현 시인의 '연탄재 함부로 차지 마라' 인용

재미없게

"당신은
뭐가 그리 심드렁해요?"

"재미없게"

두 캔짜리

그런적이있다
레쓰비캔커피
마실돈이없어
저금통을깬적

천이백원으로
레쓰비두캔을
사들고벤치에
앉아서미래를
걱정하던때다

붉게물든노을
살랑불던바람
레쓰비빈깡통
휘휘흔들면서
한숨만푹쉬며
하루를버티고
견디었던그때

돌이켜생각하면
조금덜고민하고
조금덜암담할걸

살아보니인생은
그렇게비극으로
치닫지는않는데
레쓰비두캔치곤
너무몰아세웠다

STORY 22

심지를 살피자

한 해를 맞이할 때가 되면
거창한 계획을 쓰고 적고 떠들며,

내 생애 가장
찬란한 출발을 하기 마련.

저축하기, 금연하기
연애하기, 효도하기

이것저것 기타 등등.

유난스레 분주한 1월 첫 주
계획은 삐걱이고 실천은 더디며
흐지부지되는 것들이 더 많겠지만,

어느 날 어느 때

생애 가장 화려한 불꽃이
펑펑 터지는 그날 하루를 준비하며
모두 심지를 살피자.

STORY 23

꿈을 닮은 별

밤하늘의 별은
한 사람, 한 사람의 꿈이 아닐까.

누군가의 꿈은
밤하늘을 수놓으며 환하게 빛을 발하고,

누군가의 꿈은
희미하게 티끌처럼 흔들거리고,

누군가의 꿈은
어둠에 가려 보이지 않는 걸 보면 말이다.

하지만,
희미하다고 해서
어둠에 가려 보이지 않는다 해서
꿈조차 사라지는 건 아니다.

그 빛은 언제나
당신과 함께 태어나기 때문에

잘 담가진 삶

모두가 잘 먹고
잘 살기 위해 오늘을 달리지만,

우리에게 꼭 중요한 건
진한 향기를 풍기며
소복이 하얀 곰팡이를 피어낸
잘 익은 메주 한 덩이처럼

잘 담가진 삶에
어떤 곰팡이를
피우냐가 아닐까

지키기는 어렵지만
꼭 잊지 말아야 할 것

당신답게, 오늘도, 유일하게

가끔 덩그러니와 마주할 때,
그래도 괜찮아

어른을꿈꾸면서
유년을보냈는데
어른이되어가며
유년을그리워해

STORY 26
느려터진
그때가 그립다

왜 나는
느려터진 그때,
그 시절이 그리운 걸까

스마트폰으로 청첩장이 날아왔다.
스마트폰으로 아메리카노 쿠폰이 날아왔다.

스마트폰으로 장문의 글이 날아오고,
스마트폰으로 최근 사진을 볼 수 있다.

이제 더 이상 청첩장을 돌리려
어색한 사이에 안부를 묻지 않아도 되고,

작은 부탁을 들어준 친구와
커피 한잔할 시간을 쪼개지 않아도 되고,

컴퓨터 자판에 익숙해진 굳은 손을 풀며
또박또박 편지글을 안 써도 되고,

기억 속에 아련한 동창생을 만나려
청주까지 내려가지 않아도 근황을 확인할 수 있다.

세상은 점점 이렇게 스마트해지면서
더 얇고 가볍게, 그리고 아주 빠른 속도를 자랑하며
'시간 재테크는 필수'라며 으름장을 놓지만

왜 나는
느려터진 그때, 그 시절이 그리운 걸까.

여전히 시간에 쫓기면서 말이다.

빛바랜 그날

그날의 공기는 가벼웠고,
그날의 하늘은 끝내줬다.

그날의 거리는 활기찼고,
그날의 사람들은
서로에게 미소를 던졌다.

그날 마주하는 모든 것들은
신기했고, 즐거웠고, 생생했다.

그날은 분명 새가 지저귀며
하늘 위로 올랐고,
분수대의 물방울은 내 볼에 살포시 앉았다.

그날 우린 웃었고,
발을 굴리며 소리를 질렀다.

가끔씩 들춰보는
빛바랜 그날

STORY 28
촉촉이 묻은
흙냄새

가장 튼튼한 88올림픽 팽이.
무엇이든 만들어지는 마을금고 달력.
자아 신나게 달려보자, 피구왕 통키.
있는 자들의 여유 21단 삼천리자전거.

봄에는 학용품 자랑, 변신로봇 필통.
여름에는 펌프식 물총과 물폭탄.
가을에는 무참히 생포된 잠자리와 사마귀.
겨울에는 아파트 지하주차장에서 타는 눈썰매.

치토스 따조와 다음기회에.
한번 술래되면 눈물 쏙 빼는
다방구와 깡통차기.
학예회 때 반별로 공연하던
남자는 캔디, 여자는 쓰리 포.
가방 하나 올려놓고 치른 국산사자 시험.

수요일은 하얀색 영재체육복.
금요일은 폐품수집일.
일요일은 교회에서 먹던 잔치국수.

헛바람 소리에 애를 먹었던 단소.
학급회의에 성의 없는 금주의 반성과 약속.
미술시간의 크레파스, 음악시간의 오르간.

절대 본전 게임 짱깨뽀 이바 야뼤.
명절의 유쾌한 소음, 피리탄과 분수탄.
바이킹 20번 탔던 개교기념일.

...
...
...

주황빛 노을이 수놓을 때까지
뛰놀던 놀이터.

무한도전이 아니더라도
웃을 일이 많았던

그때,

손에 촉촉히 묻은 흙냄새.

그때
그 된장찌개

노을 질 무렵
동네 어귀에서
풍기던

된장찌개 냄새가
코끝에 아른해.

'덩그러니'와
마주할 때

하루가 어찌갔나 모르고
오늘이 며칠인지,
"벌써 여름이네" 할 때.

그냥저냥 흘러가는 건지,
다들 이렇게 사는 건지 할 때.

거울 속 나를
참 오랜만에 바라보고,
왼쪽 눈가에 새로 생긴
점 하나를 발견할 때.

이래저래
싸운 것도 아닌데
하나둘 연락 뜸한
친구들이 늘어난다.

왁자지껄 거하게
한잔하고 들어와서는
핸드폰을 충전기에 꽂아둔 채
멍하니

문득 덩그러니 한 기분이 들 때.

일부러 치워둔 건지
애써 외면한 건지

가끔 '덩그러니'와
마주할 때

방지턱

적당한거리를유지해야
뿌리가엉키지않고서로
잘자랄수있는나무같이
사람도적당한거리에서
관계가유지될지도몰라

오늘처럼
비 오는 날

어릴 적, 우리 부모님은 많이 바쁘셨다.
아버지는 새벽부터 일터로 향했고,
어머니는 장사하러 시장으로 발걸음을 재촉했다.

집에 오면 불 꺼진 방이 싫어
낮인데도 온 방에 형광등을 켜놓고,
조립해놓은 장난감을 분해 조립하며 시간을 때웠다.

뉘엿뉘엿 해가 질 즈음이면
멀리서 구르마 바퀴 소리가 들리나 귀를 기울였고,
아버지의 신발 소리가 대문가에 멈추나 바라보기만 했다

그래서인지 나는 오늘처럼 비 오는 날이 좋았다.

비 오는 날에는 어머니가
"에휴, 오늘 하루는 공쳤다" 푸념하며 김치부침개를 만들어주셨고,
아버지는 케케묵은 전쟁 이야기를 하며 나와 고무총싸움을 해주셨다.

유난히도 길게만 느껴졌던 하루가
비 오는 날에는 아쉽도록 빨리 지나갔다.

오늘처럼 비 오는 날이면
파지직 기름 튀는 소리,
지붕 위에 튀는 빗방울 소리가 뒤엉켜
생생히 마음 한 켠에서 피어오른다.

오늘처럼 비 오는 날이면
아스팔트 위에 고인 흙탕물, 촉촉히 젖은 풀잎 향,
밤보다 어둡게 드리워진 먹구름,
창가를 툭툭 치는 바람소리가
지난 어제 일처럼 조각조각 맞춰지며 나래를 편다.

오늘처럼 비 오는 날.

시간이 없어서

시간이 없어서 못한 것들을 돌이켜보면
시간이 있어도 못했던 것들이 돼버렸다.

시간이 없어서 만나지 못한 사람들을 떠올리면
시간이 있어도 만나지 못하는 사이가 돼버렸다.

'시간이 없어서'란 핑계로 세수를 대충했다가
없는 시간을 쪼개 이마에 난 여드름을 짠다.

'시간이 없어서'
참 고약한 말이다.

천천히 한 걸음

내가 아는 한 분이
요즘 부쩍 영어공부를 하려 한다.

그분의 나이
아플 수도 없다는 마흔.

지금 해서 뭐 하나.
언제 뭐부터 하려고 하나.

"헬로. 나이스 투 밋유"
라고 더듬거리며 인사하는데
사뭇 진지하다.

그리고 이런 말을 덧붙인다.

그냥 외국인 보면
내 소개 정도는 하고 싶다고,

내가 원하는 건 원어민도 아니고,
우수한 성적의 영어시험 점수도 아
니라고.

그냥 지금보단 조금 나아지는 거.
그래서 다시 시작해보려는 거다.
라고 말하는데

그 '다시 시작'이란 말이
참으로 감동적이다.

우리네 살아가며 많은 목표를 갖고,
도전하고 포기하고 실패하지만,
그 후론 꼴도 보기 싫어 골방 속에
감춰둔 먼지 쌓인 것들이 부끄럽게 떠올랐다.

그래서일까.

그 '다시 시작'이란 말이
'이제는, 천천히, 한 걸음'처럼 울린다.

다시 시작
이제는 천천히 한 걸음

STORY 34

비가
부슬부슬이면

비가 부슬부슬이면
밍기적거리다 솜이불에 쌓이든지
옷걸이에 걸려 추욱 늘어지고 싶다.

세상은 온통 잿빛이고
떠도는 공기는 축축하니 찬 날.

비가 부슬부슬이면
소식 끊긴 친구의 안부가 궁금해지고
노릇한 파전에 막걸리 한잔 걸치고 싶다.

세상은 온통 잿빛이고
떠도는 공기는 축축하니 찬 날.

STORY 35

계실 때
잘할 때

내년이면 칠순을 앞둔 우리 아버지.
할머니 소리가 익숙해졌다는 우리 어머니.

항상 그대로일 거라는 건 변명이라는 걸,
나도 알기 때문에 매번 쓸쓸하고 미안하다.

계실 때 잘해야지.

야경이나
때리자고

고등학생 시절,
가끔 친구들과 우리집 근처 뒷산에
올라간 적이 있다.

살살 눈치를 살피며
"야경이나 때리자"
한마디에 늦은 시간 몰려갔던 그곳.

지금 생각해보면
별 볼 일 없는 야경임에도
간간히 나무 사이로 보이는
누르스름한 불빛들을 보고 있자면
숨이 탁 트이기도 하고,

어느 날은 맥주 두어 병을 공수해
캬아, 하며 깊은 숨을
뱉어 내기라도 하면
그간 쌓인 학업 스트레스가
날아가는 것 같기도 하고,

와자하게 웃고 떠들다가도
어느새 조용히
초라하기 그지없는 야경을 바라보며
위로를 구했던 것 같다.

불 켜진 건물들을 바라보며
잠 못 이루는 사람들을
찾으려 했던 것 같기도 하고,

그냥…
너 역시 잠 못 이루는 밤이구나,

뭐 그런
감성적인 토닥거림.

길게 늘어선 가로등 불빛과
춤추듯 너울거리는 네온사인이
온전히 나를 위한 뭐 같기도 하고,

그냥…
딱히 글로는 표현하기 힘든
뭐 그런 말랑거림.

잠 못 이루는 그런 밤.

엎치락뒤치락 이불만
고쳐 덮는 그런 날엔

찬란하게 아름답던,
초라하기 그지없던
그 시절을 그리며.

"당신도 야경이나
때리자고"

나무 심는 사람

내가 손에 꼽는 최고의 책 한 권.

장 지오노의 〈나무를 심은 사람〉

짧게 요약하면,
황무지 같은 땅에 묵묵히 도토리를 심어
훗날 지구의 일부분을 푸르게 물들인
한 노인의 실화를 바탕으로 한 이야기.

호랑이는 죽어서 가죽을 남긴다는데
사람은 죽어서 지구의 색깔을 바꿀 수 있구나.

뭐, 그런 감명이랄까.

유일한 길을 걸었던
이 노인의 발자취를 좇으며
책장을 넘기다보면

잊고 살고 놓치는 것들에 대해

잠시나마 생각할 시간을 준다.

훌륭한 사람의 업적은
참으로 오랜 세월이 지난 후에도
그 빛이 찬란하단 걸 말이다.

그림과 함께 배치된
적은 활자가 마음에 들기도 하고
두께도 얇아 술술 읽히니 더할 나위 없다.

그리고 책을 덮을 즈음
노인이 내게 툭 던지는 말,

"나처럼 지구의 색을
푸르게 바꿔보지 않을텨?"

STORY 38
아빠의 꿈

아빠는 꿈이 뭐였어?

응?
아빠는 말이야.
글쎄…
소방관도 되고 싶었고
동물원 조련사도 되고 싶었고
전파사 주인도 되고 싶었지.

우와, 그럼 아빠는 꿈을 이뤘어?

아니, 하나도 이룬 게 없네.

뭐야, 시시해.

대신 더 큰 꿈을 품고
그걸 이루고 있는데
뭐가 시시해.

뭔데 그게?

내게 꿈을 물어오는 우리 아들의 꿈을
힘차게 응원해주는 꿈.
아빠에겐
그게 가장 소중한 꿈이란다.

STORY 39

그립다 말한다

다시는
돌아가지 못할 것처럼

예전의 나,
그리고 그때 그날이
그립다 말한다.

세상이
불쾌해진 건지도
몰라

세상이 불쾌해진
건지도

감시 카메라는
뭔가 어감이 불쾌하다.

감시의 사전적 의미를 찾아봤더니
'단속하기 위하여 주의깊게 살핌'
뭐 그런 뜻이라는데.

예전에는 보기 드문 기계라
V자도 흔들고 그랬던 걸로 기억한다.

이젠 골목 어귀에도 흔하게
설치되어 있는 걸 보면
뭔가 뒷통수가 자꾸 간지럽다는 생각.

이런 거 없이도
둥글게만 잘 살아왔던 그때.

이젠 범인 잡는 데
일등공신이 되어버린 지금.

그리고 보면
세상이 불쾌해진 건지도 몰라.

후에, 후회

후에로미뤄둔것들이
후회로남아버린지금

STORY 41
꿈이 뭐예요?

20대 무렵에는
내게 꿈을
물어보는 친구들이
대부분이었다.

30대가 되고 보니
내게 꿈보단
형편을 물어보는
이들투성이다.

잘 먹고 잘 사는 것,
해야 되는 일 때문에
하고 싶은 일은 미루는 것.

꿈을 꾼다는 말은
어쩌면 이제
기억 저편 아련한 무언가일지도.

'만약에'로 가슴에
피어났던 꿈 조각들이

'해볼걸'로 입밖에
뱉어지니 말이다.

그래서인지
많이 묻고 싶은 말,

"당신은 꿈이 뭐예요?"

거기가
거기스럽지

우리 동네 신림1동에서 산 지
27년은 된 듯싶다.

시간이 흐르며 대왕슈퍼 주인은
세 번 바뀌었고,
우리문구완구는 진작에 사라졌다.

학교 언덕배기에서 경쟁사로 다투던
한나문구와 독수리문구도 문을 닫고,
삐까번쩍한 두 동의 원룸만이 기세등등하다.

신림초등학교 운동장은
반 토막이 나서 숨이 막히고,
영화산책 비디오 가게는
붕어빵과 성인만화책 대여로
겨우 자리를 지킨다.

무심하게 언덕을 오르던 우리 동네,
주변을 살펴보니 참 많이 변했다.

맨홀 뚜껑은 아이들의
돈까스 놀이며 깡통차기에 홈이 파였고,
전봇대는 다방구며 술래잡기
뭐, 이래저래 참 쓰임새가 많았는데

생각해보니 똥개도 이젠 사라져버렸고
벨튀도 없어졌고
장난전화도 옛말이 되었다.

아기자기했던 구멍가게며,
분식집, 오락실, 사진관 자리에는

한 집 건너 휴대폰가게가 들어섰고,
24시 편의점, 떡볶이는 죠스지, 뭐.

'우리 동네'라는 그 말이
참 정감 있고, 좋았는데…

이젠 거기가 거기스럽다.

STORY 43

기억나니 그때,
그 시간들

매점에서 팔던 비듬빵.
단무지 네 개 담가줬던 라면.

저주스러웠던 한문 숙제.

오늘이 며칠이지?
5일?
5번 나와서 정의해봐.

독사, 미친개, 물소아줌마
선생님 이름은
동물농장 시리즈.

살벌한 몽둥이에
후들겨 맞으며 싹트는 우정.

뭐 먹고 살지 고민보단
끝나고 뭐 먹을까라는 말을
더 자주 했던,

기억나니
그때, 그 시간들

STORY 44

잘 지내고 있나
몰라

28년 만에 갑작스러운 이사.
절반 이상은 버리고
옷가지와 쓸 수 있는 물건들을 찾아본다.

그리고 방 한구석
보물상자라고 하기엔
너무나 볼품없고
낡아빠진 종이상자도 열어본다.

곰팡이가 서린 건지
먼지가 눌어붙은 건지.

군 시절 받았던 위문편지들,
대학 시절에 주고 받은 롤링페이퍼,
스티커사진 한 움큼,
국민학교 시절 일기장 세 권.

찬찬히 편지 몇 장을 읽어보고
이걸 왜 안 버리고 모셔둔 걸까 싶은
기념티켓들을 훑어본다.

생생히 떠오르는 그 날, 그때.
그리고 감성에 젖어 몇 명에겐 전화도 해본다.

"우리 그때 참 친했던 거 아냐?"
"너가 나 군대 갔을 때 편지 많이 보냈더라."
"우리 참 친했네."

그날의 향수만 잔뜩 품은
전철표와 학교 승차권처럼

함께 채운 추억을
혼자 곱씹자니 궁금해진다.

지금의 우리,
잘 지내고 있나 몰라.

현실과 꿈 사이

꿈을 꾸기엔
나름 현실이 달콤하고

맞추어 살기엔
꿈 많던 그때가 그리운

STORY 46

나도 잊지 말아야지 평생

아마 초등학교 4학년 때 일인 듯하다. 생일을 얼마 앞둔 나는, 문방구에 진열된 레고 선물세트가 팔려나가진 않았는지 문지방이 닳도록 문방구로 출퇴근을 했다.

어마어마하게 큰 유령섬 레고세트에는 정확히 6,800원이라는 스티커가 붙어 있었고, 아버지도 흔쾌히 사주겠노라 약속해두신 상태. 생일 전날에는 잠이 오지 않아 뒤척이며 뜬눈으로 밤을 샜다. 그리고 날이 밝자마자 곧장 아빠 손을 붙잡고 문방구로 향했다.

"저기, 저거요."

주인 아저씨는 진열대 중간에 자리 잡은 레고세트의 먼지를 털어내며 내 손에 건네주었고, 그 묵직함에 세상을 다 가진 듯 포만감이 일었다. 아버지가 5천 원짜리와 잔돈을 섞어 건넸을 때, 주인 아저씨는 돈을 잘못주신 것 같다 하시며 68,000원이라고 확인시켜주었다. 내가 봤던 스티커 가격표는 분명 6,800원, 다시 확인해도 6,800원이었다.

"잘못 찍혔네."

대수롭지 않게 스티커를 떼는 아저씨. 그리고 다시 한 번 정확한 가격을 말해준다.

"68,000원입니다."

아빠는 무안한 나머지 내게 화를 내며 똑바로 알고 왔어야지, 하며 야단을 쳤다.

나는 서럽게 울었다.

오후에 레고세트 대신 아버지와 전쟁기념관을 갔지만 그때 찍은 사진은 온통 입을 댓발 내밀고 있는 사진밖에 없다.

시간은 흘렀고 레고세트에 대한 미련도 사라졌다. 아니, 잊혀진 것 같다. 그후, 내가 25살이 되던 해.

학교를 마치고 집에 왔을 때, 책상 위에 레고 비슷한 장난감 세 개가 놓여있었다. 정확히는 메이드 인 차이나 유사 레고였다.

전철역 앞에서 팔길래 사왔다, 하시는 아버지.
"내가 어린애도 아니고 이걸 왜 사왔어요?"
내가 웃음이 나와 아버지께 묻자 "너 그거 갖고 싶어 했잖냐. 어렸을 때"라고 말을 흐리신다.

10년도 더 지난 일을 못내 미안해하며 기억하고 계신 아버지.

29번째 생일을 앞둔 어제는 퇴근하고 집으로 가니 아버지가 만 원짜리 몇 장을 주며 내일은 맛있는 것 좀 먹고 들어와라, 하신다.

내게는 생일이 그다지 거창한 행사치레는 아니지만, 고이 접힌 만 원짜리 몇 장을 보고 있다가 문득 잊고 있던 그 레고를 꺼내본다.

"나도 잊지 말아야지, 평생."

구부정하게
굽은 허리와
선 굵게 자리한 주름.

하루 왼종일
뙤약볕에서
씨름하고 돌아와,
밤에는 졸린 눈
부비며 기도하는
거친 손.

자신을 위해
살아온 적은
단 하루도
없었던 것처럼

우리의 삶을
채우는 당신,
어 머 니

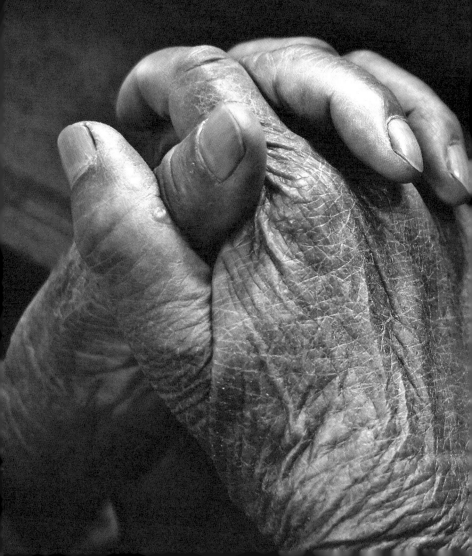

당신,
그리고 우리 엄마

아줌마로
산다는 것

지하철에서는 가방을 던지며
자리에 슬라이딩 하시는 아줌마.

바퀴벌레의 출현에는 수학 정석 책으로
무심히 생을 마감시키는 아줌마.

나물 한 포기를 사는 데도
굳이 200원을 깎으시며 웃는 아줌마.

꼬일 대로 꼬인 뽀글 파마에 핑크빛 내복,
그리고 꽃무늬 덧신을 애용하는 아줌마.

1년에 한두 번 화장을 할 때면
손거울을 보며 주름을 매만져보는 아줌마.

'OO 엄마'라는 말로
이름을 대신하는 아줌마.

수능 날에는 정문 앞에서 기도를 해주었고
무조건 내 자식이 최고라고 응원해주었고
나를 위해 사는 것처럼 오늘도 일터로 나가신 아줌마.

당신, 그리고 우리 엄마.

꿈꾸다 그립다

어른을 꿈꾸면서
유년을 보냈는데
어른이 되어가며
유년을 그리워해

영원히 머물 것처럼 떠나,
그래도 괜찮아

아무도나를
모르는그곳
배낭하나만
덜렁챙겨서
떠나고플때

바람,
그리고 유랑

깊게 패인
주름 속에 아로새긴

그 이야기가
궁금했어.

바람,
그리고 유랑

STORY 51

그날 그 태양

그날의 태양은
아주 뜨겁게 지고 있었다.

사람들은 문지방에
내려앉은 그늘을 찾아
옹기종기 모여 서 있고,

대단한 장관인냥
연신 카메라 셔터를 누르며
뜨거운 30분을 기다렸다.

서서히 태양이
주저앉자 이곳저곳에서
분주하게 움직인다.

구름에 가려 산 너머로
기우는 녀석을 놓칠 새라

일순간 100명이 넘는
사람들이 약속이라도 한 듯
고요해졌어, 신기할 정도로.

매일 뜨고 지는
그 태양이 뭐라고.

앞으로의 다짐
혹은
내 인생의 새로고침을
중얼거리는 것처럼 말이다

유난히도 뜨겁게 지는
태양에 잠시
기대어보고 싶은
마음이랄까.

그날, 그 태양이
꼭 필요한 사람들처럼.

한 장의 유일한 삶

한 장의 뭉클한 대화
한 장의 뜨거운 포옹
한 장의 시큼한 눈물

차곡히 가슴 한 켠에
채우며 '유일한' 삶이 되길

STORY 53
부디
친해지길 바래

몽골에 갔을 때 일이다.
태어난 지 일주일도 안 된
낙타를 보여주겠다는
유목민을 따라나섰다.

옆집이라 하기에는 꽤나 먼,
오토바이로 15분이나 달려 도착한 그곳.

저 멀리 총총걸음으로 풀을 뜯는
그 녀석을 발견하고
너무 귀여워 가까이 가려 했지만
이리저리 손길을 피해 도망만 치기 바쁘다.

그래도 거듭 다가갔지만 헛수고였다.
그런데 도망만 다니던 녀석이
유목민 품에는 잘도 안겨 애교를 피운다.

옆에서 지켜보던 아주머니 왈,
"동물들은 도시 냄새와
바람 냄새를 분간할 줄 알아요.
태어날 때부터
동물과 자연에 묻혀 사는 유목민에게는
그런 특유의 냄새가 있기 때문에
새끼들도 낯을 가리지 않지요."

그 얘기를 듣자 섭섭하고 멍해졌다.

하늘 높은 줄 모르고 고개를 빳빳이 들며
지구의 주인 행색을 하고 있지만,

어쩌면 우린 동물들에게
오래전부터 왕따였을지도 모른다는 생각

차가운 냄새가 코를 찌르는
도시 사람 말이다.

"부디 '친해지길 바래'입니다."

STORY 54

찰나의 순간

내 핸드폰에 설정된 알람 세 개
6시 45분, 6시 55분, 7시 정각.

쥐어짜듯이 잠시나마 달콤한 잠을 더 자려
맞추어놓은 알람 세 개.

첫 알람은 마림바, 둘째 알람은 실로폰,
셋째 알람은 경보기.

잠에 취해 때때로 경보기 소리에 눈을 뜰 때면,
짜증이 솟구쳐 아침부터 시작이 별로다.

그럴 때면 버릇처럼 체크하는 것들.

내 38리터짜리 배낭이 쓸 만한지,
얇팍하게 모아둔 돈이 얼마인지,
지금 날씨가 따뜻한 나라는 어디일지.

찰나의 순간,
꿈꾸는 비상처럼

아무도나를 　편한옷차림 　뭘할까라는
모르는그곳 　나른한음악 　계획보다는
배낭하나만 　달달한커피 　발길닿는곳
덜렁챙겨서 　챙겨온노트 　늘어지고픈
떠나고플때 　작은카메라 　봄같은하루

발길 닿는 대로

14

두말하면
코 아프재

오늘은 장사 좀 되나?

매일 똑같지 다른 거 있나.

근육통 때문에
이 일도 이젠 못해먹겠구먼.

배운 게 이 짓인데 이제 와서
뭐 다른 걸 할 수 있겠나?

그나저나 압둘라 녀석
캄보디아 가서 공 굴리는 재주로
돈 좀 번다는데.

남의 성공사는 말해 뭐해.

그냥, 부럽기도 하고
어제가 오늘 같으니 말이여.

쓸데없는 소리 말고
끝나면 소주 한잔 할려?

두말하면 코 아프재.

STORY 56

Second Class

언뜻 '후발주자'로 해석되는
Second Class.

그리고 그 안의 사람들.

조금 불편할 테고,
조금 불쾌할 테고,
조금 불만일 테다.

그래도 목적지가 뚜렷하니
머뭇거림 없이 설렌다.

왜 허송세월을 보냈나.
지금 하기엔 너무 늦지 않았나.
젊은 놈들, 유능한 놈들 사이에서
내가 잘할 수 있을까.

조금 불편할 테고,
조금 불쾌할 테고,
조금 불만일 테다.

그래도 목적지가 뚜렷하니
머뭇거림 없이 과감하겠지.

Second Class

인연은 흐른다

머무는 사람과
머물다 가는 인연이니
인사는 미리 할게요.

Good morning
Good afternoon
Good night

STORY 58

알고 나니,
불편한 진실

10톤 이상은
지나가지 말라는 뜻이지만

15톤까지는
버틸 수 있다고 한다.

두려움을 줘야
사고가 안 난다는 말처럼,

두려움을 줘야
쓸데없는 생각을 안 한다는 생각에

조금 무모해도 별 탈 없는
10톤 표지판 앞에서 발이 멈춘다.

세상이 만들어놓은
'두려움투성이'

알고 나니, 불편한 진실.

STORY 59
그게 다라서

어느 하루는 굉장히 지루했다.
읽는 둥 마는 둥 책장을 넘기다
습관처럼 멍하니 창밖을 내다보는 게
전부였으니 말이다.

또 어느 하루는 굉장히 뻐근했다.
잠시 멈춘 간이역에서 10분 남짓
걷는 게 전부였으니 말이다.

대부분 하는 거라곤
덜컹거리는 기차 안에서
슬렁슬렁 커피나 홀짝거리는 것.

구겨지듯 2층침대에 누워
생각거리들을 잡다하게 펼쳐놓고
이리저리 노트 위에 끄적이는 정도.

지루하고 뻐근하고
이제나저제나 하는 하루들뿐이지만,

그게 다라서 찾는 건지 모른다.
시베리아 횡단열차.

우리가
외면하는 것들

볼펜 한 다스에
30명이 넘는 아이들이
손을 내민다.

과자박스 몇 개에
아랫마을 꼬마아이가
맨발로 뛰어온다.

부모들은
산 너머 너머
농사일을 서두르고

남아 있는
아이의 등에는
아기가 업혀 있다.

한국에 불어오는
봄바람처럼,

라오스의 일상에도
봄꽃이 피어나길.

여행길 위에서
우리가 애써 외면하는 것들.

그래도 그것이
진짜 삶인 사람들.

그저 그렇게

살아보니별거없으니까
아등바등할필요도없고
너무많이챙기려말라고
다그저그렇게살더라고
어머니께선말씀하신다

위로 :
나누는 마음

주황색 물결의 탁밧 행렬로
아침을 여는
라오스 루앙프라방.

탁밧은 출가 수행자라면
반드시 지켜야 하는 규율로,

공양 받은 음식을 그날 하루의
끼니로 해결해야 한다.

또한 자신이 먹을 만큼만
남겨두고 다시
가난한 이웃에게 나누어준다.

나눔을 받고
나눔을 돌려주는 삶.

위로 : 나누는 마음

해와 달에 기대어
웃음 짓는 삶

스마트폰에 무의미한 터치질로
하루를 마무리하는 당신.

내가 왜 사는가 하는 늦깎이 바람에
자조 섞인 한숨만 푸욱 내쉬는 당신.

포기할 것들이 늘어나고
그냥저냥 소주 한잔으로 위로받는 당신.

다시 시작이란 말이 버겁고
외롭다는 말이 사치가 되어버렸다면,

마땅히 갈 곳은 없지만
그냥 훌쩍 하고픈 마음이라면,

벼르고 벼르다가
그때 꼭 한번 가보길 바란다.

해와 달에 기대어
웃음 짓는 삶이
오롯이 채워진 그곳.

하늘로 닿은 길 차마고도.

하늘로 닿은 길
차마고도

STORY 63

씨익, 히죽

가는 말이 '씨익' 웃어야
오는 말도 '히죽' 웃겠지

STORY 64

많이 외로울까봐

내 인생
앞만 보며 달려왔더니,

어느새부터
뒤를 돌아보기 겁이 날 때 있다.

많이
외 로 울 까 봐

STORY 65
그래도 별 볼 일 있는 인생

바게트 물어뜯을 이빨도 빠지고,
머리는 새하얗게 물들어 매번 헝클어지고,

지난 세월은 고스란히
주름 몇 줄로 아로새겨져
누가 보면 고집불통 마귀할멈이라 그러지.

한 평 남짓 햇빛 가려줄 양산이 내 안식이고,
이따금 광장에서 비둘기 모이 주는 게
위로며 일과의 전부가 돼버렸으니 말이야.

그래도 가슴속엔 남아 있어.

왕년에, 젊었을 적에
민들레 향기로 채워진 이야기만큼은
아주 생생히.

매번 들춰보면
설레고
아련하고
가슴 떨려.
그날처럼,
아주 생생히.

그러니까
'인생 살아보니 별 것 없다'고
말하진 말어.

그러면 진짜 별 볼 일 없어져,
당신 인생.

'인생 살아보니 별 것 없다'고
말하진 말어

엄지 조심

어설프게 고민하지 마
그러다 엄지손가락 날아가

16살 때 내가 배운 교훈이야

− 야자 음료를 파는 장사꾼 말씀

당신과 같습니다

기억은 자리하는데
생각은 나지 않는 그곳.

시간은 분주했는데
마음은 공허했던 그때.

많은 말을 뱉었지만
많은 이야기는 하지 못했던

설렘을 안고 시작했고
아쉬움이 가득 채워진

우리가 꼭 당신 같다

'나답게'가 뭔데?

나답게살라는데
나다운게무언지
나도궁금해진다

스스로 핑계법

분주한 사람들로
붐비는 거리에서

어설픈 가락의
반주가 흘렀다.

뻔한 거리의 악사,
흔한 멜로디 가락.

그런데도 사람들이
머물며 지켜보는 거다.

노래 세 곡이 연달아 끝날 때까지.

누군가는 박수를 쳤고,
누군가는 공연의 답례로
꽤나 큰돈을 모자에 넣어줬다.

유별나게 연주를 잘한 것도 아닌데
격한 반응에 궁금해서 살펴보니.

그분은 전혀 앞을 못 보는 분이었다.

송공송골 맺힌 땀방울과
타닥타닥 리듬을 맞추는 흥겨움이
그제서야 내게 묻는다.

"너는 얼마나 많은 핑계를 둘러대니?
너가 하고 싶은 일을 안 하기 위해서."

STORY 69
아 라 파파

잠시 눈을 감고 떠올린다.
이런 분위기 말이다.

부슬부슬 이슬비가
곁으로 성의 없이 떨어지고,

내 옆에선 푸근한 인상의 할아버지가
차 한 잔을 마시며 아침 인사를 건넨다.

그 사람과 나는 국적이 달라야 한다.
그리고 대화는 눈인사 정도로 끝난다.

귀에 꽂은 이어폰에선
잔잔한 목소리가 거슬리지 않게
속삭이면 좋을 것 같고,

방금 주문한 바삭한 토스트와
따끈한 아메리카노 한 잔이 나오면 좋겠다.

음, 여기는 아마 외국의 어느 작은 마을.

때마침 성당에서 종소리가
뎅뎅거리며 울려퍼지고,

비를 피하던 첨탑 안 비둘기 떼가
파드닥거리며 하늘 위로 날아갔으면 좋겠다.

하늘은 시커먼 잿빛이지만
카페는 텅스텐 조명의 아늑한 분위기.

챙겨온 노트에 끄적끄적 일기를 쓰든 낙서를 하든,
그건 그다지 중요하지 않을 듯하나.

오늘은 뭐 할까 잠시 생각하는 척,
나는 다시 떨어지는 빗줄기에 시선을 멈출 테니.

하나 둘 사람들이 커피숍에 들어차며
시끌시끌해져도 상관 없다.

어차피 알아들을 수 없는 외국말을 쏟아낼 테니.

아무도 나를 신경 쓰지 않고
아무도 내가 거기 있는지 모를 정도로
그냥 그렇게 보내고 싶은 하루.

마지막으로 그 카페의 이름은
프랑스어로 된 그럴싸한 간판.

현실은 파전에 막걸리가 생각나고,
이어폰에선 벅스뮤직 100선이 흘러 나오더라도

그냥 내 생애 하루 즈음,
비가 올 때 보내고픈 날.

느리게, 여유롭게
아 라 파파.

일상, 찰나의 조각 모음

일상의 순간은
참으로 므훗함

포르투갈에서 담은
한 장의 찰나처럼

소주 한잔의 흥을 즐겼던,
벗이란 말을 아낌없이 건넸던,
사람을 아끼고 사랑을 주었던,
인선이에게 이 책을 바칩니다.

유익한 정보와 다양한 이벤트가 있는
리스컴 블로그로 놀러 오세요!

홈페이지 www.leescom.com
리스컴 블로그 blog.naver.com/leescomm
페이스북 facebook.com/leescombook

그 래 도
괜 찮 아

글 · 사진 | 우근철

편집 | 조유진 고은정
디자인 | 김지혜 양혜민
마케팅 | 황기철 장기봉 이진목
경영관리 | 박태은

출력 · 인쇄 | 금강인쇄(주)

초판 1쇄 | 2015년 10월 15일
초판 21쇄 | 2017년 5월 15일

펴낸이 | 이진희
펴낸곳 | (주)리스컴

주소 | 서울시 서초구 강남대로79길 2(은도빌딩), 4층
전화번호 | 대표번호 02-540-5192
　　　　　　　영업부 02-544-5934, 5944
　　　　　　　편집부 02-544-5922, 5933 / 540-5193

FAX | 02-540-5194
등록번호 | 제2-3348

ISBN 979-11-5616-084-7 03810
책값은 뒤표지에 있습니다.